目送莲花

晓光 著

黄河出版传媒集团
阳光出版社

图书在版编目（ＣＩＰ）数据

目送莲花/晓光著.--银川:阳光出版社,
2024.4
ISBN 978-7-5525-7273-5

Ⅰ.①目…Ⅱ.①晓…Ⅲ.①诗集－中国－当代
Ⅳ.①I227

中国国家版本馆CIP数据核字(2024)第094648号

目送莲花

晓光 著

责任编辑 唐 晴　申 佳
封面设计 袁 野
责任印制 岳建宁

黄河出版传媒集团
阳 光 出 版 社 出版发行

出 版 人　薛文斌
地　　址　宁夏银川市北京东路139号出版大厦（750001）
网　　址　http：//www.ygchbs.com
网上书店　http：//shop129132959.taobao.com
电子信箱　yangguangchubanshe@163.com
邮购电话　0951-5047283
经　　销　全国新华书店
印刷装订　三河市嵩川印刷有限公司
印刷委托书号　（宁）0029471

开　　本　880 mm×1230 mm　1/32
印　　张　7.5
字　　数　120千字
版　　次　2024年4月第1版
印　　次　2024年4月第1次印刷
书　　号　ISBN 978-7-5525-7273-5
定　　价　49.00元

序

倘若世间偶有寒意，没关系，加件衣裳，抱紧自己，再捧读一本诗集。一些璀璨的文字，也许，会点燃我们的眼眸，照亮我们的心扉，让我们忘记许多的不如意。读晓光的诗集《目送莲花》，感觉莲花开在了心底。

这确实是一些闪光的文字，"当明月普照大地／我牵着爷爷的手／穹宇中／指点最亮的一颗星／我在星座的心里"。晓光诗情的光芒，来自最壮丽的宇宙，也来自最柔软的内心。这些对于天地自然的深情热爱，对祖先父母的赤子情怀，动之于心灵而寓之于文字，让诗作自带一种放怀于天地之外，得神于血脉之间的气质。读着，可以与星光对话，可以沿亲情溯流，于怦然心动之际，感叹作者竟然获得天地造化特别的垂青。这大约就是晓光作为诗人的生命原动力。

"天地与我并生，万物与我为一。"看心灵映射万象，与山川应和诗情，这种天、地、人互为表里、交相辉映的独特感悟与诗意表达，是晓光找到的连接中华美学最初的路径。《目送莲花》是一株从主根上长出来的花朵。

当然，我们每个人都是一颗自带光芒的星辰，只是被柴米油盐遮蔽久矣。如此，让我们仰望浩瀚星河，顶礼山川大地，沉浸血脉亲情。见天地、见众生、见自己，读一本诗集也可以是一条捷径。

《目送莲花》言"我在星座的心里"。是为序。

李自星

2024 年 3 月 13 日

目录

我把第一送给你

我把第一首诗送给你
我把第一本诗集送给你
我把敬爱收藏
制作成笑容
落在你脸上
我把你送给人民

我的第一笔财富是不经意间
与你相遇
你的雷霆和铁腕
在温和与慈祥中
与我一起
铸就了长城

我站在长城上
与彩虹一起
追逐着梦和云
你在云梦前头

第一条河流是黄河
长江是你的目光
你一边流淌一边成长
我变成一颗沙砾
与你一起惊涛骇浪
奔赴大海是我的理想
归入尘土是我的故乡
而你是星宿

太阳从东方升起
我是东方的蒹葭
你是我的第一道阳光
从此我不在水中央
如果缘定终生

千万年以后
我随你西下
在夕阳艳照的山里
我守着你

2023.4.29

超出想象

每一次我默默地呼喊

迎着风

看见你的翅膀

我的泪被你风干

洒向海滩

你带我飞过了海洋

超出想象

每一片落叶都让我感伤

犹如一片云朵

在梦里

你进入我心房

每一盏灯与我一起

独守空房

你却在一个漆黑的夜晚

闯入

屋檐下

垒起鸟巢

燕子嬉笑

把春天的发卡卸下

张灯结彩

超出想象

2023.4.27

左手写诗

宛如铁树开花
是一种奇迹
宛如千年不变的真诚
上演了一场旷世爱情
宛如你的出现
从此给生命输入了血液
不会干枯

左手写诗
是一种超出想象的美丽
似新生儿的降临
似牙牙学语
似蹒跚学步

似少年

充满了激情

左手写诗

最纯良的质朴和敦厚

最超然的担当和责任

最现实的你

直接的一种表述

深爱于心的情重

左手写诗

象征着另一个世界成立

象征着等待终有结果

象征着从此

你拥有完整

拥有归宿

2023.4.26

信念

信念在你心里诞生时
你的人生不再是过程

年轻时信念是一位老师
你年长后信念依然年轻

你在顺境中
信念是不安静的叛逆
你在逆境中
信念安静地支撑

你处于低谷时
信念变成了水

一边哺育大地一边叮咛
你处于高位时
信念变成了攀登
信念是青藏高原
珠穆朗玛就是祖国和人民

2023.4.23

良心最贵

有一种欺骗积压

在陈年的酒里

我选择了原谅

并把祝福赠予

有一种伤害

直至死亡降临

我选择了拯救

并向上苍祈求

有一种力量从我心底发出

要历经世上的坎坎坷坷

把善良传颂

珠宝玉器雕琢精致

黄金白银熠熠生辉

家财万贯门庭若市

书香门第名传四方

达官贵人显赫威震

却不见流芳百世

却不见后人乘凉

唯见清风拂面

传颂我的善良

唯见山河依旧

真理在我心中

我在征途

背着最贵的锦囊

2023.4.22

精彩

迎着风浪扬起

一叶舟帆

看到你最优美的身姿

奔跑在没有尘土的草原

一匹狂野的骏马

看到你最奔放的情怀

连天挥洒满目惊涛

一泻千里的瀑布

看到你最骇世的容光

一路凄婉如歌的琴声

一转身嫣然如初的回眸

一如既往坚强和勇敢

打碎了还可以重塑

你的精彩

你向着天宇盟誓

曲终破尘

精彩绝伦

2023.4.21

我所以如此

当元年第一天
我的祖先便出走
荒漠中
与风沙一起走进山林
我在林中栖息

当明月普照大地
我牵着爷爷的手
穹宇中
指点最亮的一颗星
我在星座的心里

当太阳从东方升起

我在父亲脊背上
寻找落地的笑声
土地中
洒满汗水和雨水
我和父亲在水中行走
阳光依然美丽
我被美丽簇拥

当乾坤围绕着我的母亲
万物都在我母亲四周
天空中
没有一片云朵
只有我湛蓝色的祖国
我所以如此

2023.4.19

水乳交融

水与雪一起时
雪消失了
水与风花一起时
风花随雪月消失了

水与海汇合
变了味变了色
水与山汇合
大地此起彼伏变了形变了样

乳有内涵
隐藏了性格
乳有飘香

隐藏了高歌

乳有家园

隐藏了视野

乳有温良

隐藏了秋色

水是万物之源

但水的味道只有乳能品出来

乳是洗尽铅华的光洁

但乳的味道只有水能入心田

水乳交融

洁白而甜蜜

晶莹而剔透

创造出意义

改变了生命

水化作一叶小舟

乳化作一片白云

一切望尽

一切凝聚

白云在宁静中

舟在原处

2023.4.15

蓦然回首

蓦然回首

冬天的积雪已融化

只见你少年的身影

从岁月面前走过

张贴墙上的诗词

张贴过往

飞絮入了眼

勾起那些希望

牛羊成对

树木成双

露珠和泪水

挥洒一路迷茫

直到如今

你还没有——放下

高跟鞋在雨中脱落

你不谙世事笑含喜悦

却识不破背后的阴谋

最后绝望

你在绝望中扬帆

携风雨起航

谁与你一起洁白上岸

谁赐你一地金黄

蓦然回首

阑珊处

一排排诗行

2023.4.13

成熟

走着走着

走到了秋

看见一路花开

看见一路风雨和失败

看见你突然出现

在秋风吹过的田野

我正在收割

你正在等待

你喜悦我坎坷中选择了坚强

你欣赏我一边流泪一边善良

你的唇传扬我的美貌

你在我所拥有的财富面前

只想带走我的目光

我有崭新的盼望
将所有的患难击碎在田间
天空挂起笑容和宽广
有大雁飞过
你的声音和翅膀
如鹰横空翱翔
胜过田间的金黄
胜过蜜甜
胜过一切典藏
你让我害羞
你让我颤抖
你让我在你面前
沉默不语
仅有仰望

2023.4.12

特别之重

你做了我成功的引子
为我拉开序幕
到底是我诞生了你
还是你诞生了我
母亲啊　我舍不得
你白发再多出一根
你的笑容最好凝结
你最后所有的愿望实现
用我每一滴晶莹的泪水
用我陪伴你几十年的风雨和脚步
换你的笑容
在余下的时光里
欣赏一下蓝天和白云

欣赏一下我们诞生的光阴

你做了我生命的最重
做了我每一个希望的意义
你是我撒向天下的种子
如果能够收获
川海一起欢呼
我的脚步为你永远停留
孩子啊　我是你的祖国
我的白发带着笑容在你左右
我的思念生了根在路的尽头
我的灵魂如果会飞
我一定飞入你眼睑
做你夜晚带光的使者
你不能流泪
会熄灭光
坚强护卫你
信念支撑你

你在我要消亡的时候

做我一生的爱人

挺身而出

拯救我灵魂重生

你给了我所有包容和宠溺

山顶上

看最美的风景

深土中

潜下根基

你从不要功勋

只要我们一起把爱在酒里斟满

你让每一天都有光芒

你让每一首诗都有重量

爱人啊　如果有来生

从现在开始

我不离开你半步

一步一步

走到永生

2023.4.11

与众不同

你为什么会与我相逢
在气息中
我只钟情花草和树木
你却似蝴蝶
起舞后
便带走一切

我最贵的贞节
收藏在岩石
你的锚从大海拖上岸边
在夜晚的寂静中
呼啸着吹过岩石和所有
把我的心带走

我昂贵的思想是憧憬
在一间木屋里
眺望河堤
我所有的亲人看着
我隐遁在天际
我的身边赫然是你

你在过往的人群中
因为我而停顿
你跌宕的思绪
把我的沉默高高举起
每一杯酒都是甘甜
每一个夜晚和白昼
都是通明
与众不同

2023.4.10

不枉此生　不负所爱

你徘徊在我已经割舍的
蒙蒙烟雨之外
我的泪水已经在心底
全部浇灌了爱
你珍重
我们曾经在誓言里
相濡对待
你不要留念
有一天你会发现
我依然在
只是路途在你前面
相隔于千里之外

我爱了世界

只因你一次一次让我回头

看到你身影越来越暗

不解

到最后

你变成我的期待

我变成

你的梦想

我爱了你遗留的微笑

诞生了美好

在我们一起走过的城市

做我赠送你最后的牵挂

愿你在另一座城里

保持心态

偶尔牵挂

雨季时有一把伞送至你面前

那是我

当你看见雨过天晴的彩虹

你只要记住曾经

不用记住忧愁

我在曾经里已经走远

2023.4.9

左手握着右手向往

右手曾经站在讲台上
右手曾经从南到北指指点点
右手曾经搀扶所有亲人
右手曾经写诗
不可一世地展露头角
左手默默地欣赏
有时候会情不自禁地惊慌

右手在晨跑中骨折了
奋进的旋律骨折了
天真和浪漫骨折了
向往骨折了
左手担当了所有思想

不见了惊慌

左手握着右手看天空的婉容
左手握着右手闻香水的内涵
左手握着右手阅读诗刊和新闻
左手握着右手学会了另一种语言
左手握着右手在每一个夜晚
做着唯一开心的事
显露的平台
在时间消失后
左手握着右手向往

2023.4.8

我只有诗

你有欢声笑语在室内

你有目光游离在旷野

你有陪伴

你有深爱你的妻

我只有诗

我只有大地和雨帘中的身影

我只有远方的想念

我只有爱人

你有各色各样的美食和图画

你有各式各样的要求

你有占为己有的计划

我只有诗

我只有看见我的彩虹和
看见我的风云
我只有在自己心里耕耘
我只有属于自己的笑容

你早晨醒来是贪婪
我早晨醒来是诗的酝酿
你不会学着祈祷
我不会迷失方向

你走远了
一切与你无干
我走远了
每一首诗为我在前方守着光
今天属于你　最后的短暂
明天属于我　开始的诗行

2023.4.7

这世界上最贵的东西
是真挚的泪水和爱

第一声啼哭是你和我降临了
第一滴泪水是母亲给予的
这个世界
你和我一样
用一生寻找
最真挚的呵护和爱

无数次疼痛和流泪
浇灌身躯的成长
而我们灵魂的模样
纷飞在大地和天上

我为初恋流了泪
我失去了
你为初恋流了泪
你得到了
你和我在真挚里
一边流泪一边依偎

你流泪的模样令人震撼
出走家门时
衣袖拂过脸庞
一生中再没有出现
你回家的盛况
我眺望在家门口
泪水随着风飘散

你呼喊我名字的时候
我又流泪了
你的呵护触动我的肝肠
我怎能无动于衷

与你在漆黑的夜晚
相爱
至岁月中
没有了天涯与海角
只有真挚的泪水
融化了爱

我把分离从眼角挪开
带你去另外一个地方
收藏缅怀
这世界上最贵的东西
是真挚的泪水和爱

2023.4.6

清明约定

——纪念父亲

世事难料

在你世界的尽头

我甚至没有来得及

只能匆匆约定

清明祭扫谒见

2023 年

有诸多的传言

抑或禁令

但我心念执着

因为你一定在等

等待我清明约定和祝福

在你安息的地方

灵魂见到鲜花的时候
一定会热泪盈眶

我含泪为你满上
浓酒一盅
如果惊动了上苍
恳请为你平凡的一生
只要赐你安详
往后的时空里
欣赏你的才华和志向
你倔强的性格
以及你本善良的心肠
你若远离
我的勇敢陪伴
无论阴阳两界
无论生死有别
无论过往时空
无论有还是无
无论在还是不在

你在我就在
我在你就在

记住
清明约定
与天地齐身
与日月同辉

2023.4.5

我要开始

我要开始
因为结尾是终点
你在不在终点
我不知道

我要你英俊地出现
无论是邂逅还是如期而至
无论是清晨的问候
还是傍晚的笑容
无论是一抬头如青莲的身姿
还是我嫣然一笑
开始的天空

我要那一天与你一起重现
才华和理想洋溢在我面前
我轻盈的脚步与你一起
跨进家门
门口放满了
我们的秘密
以及各种各样
萦绕的炊烟
布满了我们的开始

我要开始的琴声吹起
我要你从远路回来的
脚步声叩响门扉
我要你和我一起回忆
开始的灵魂
我要我自己
永远珍惜开始的你

2023.4.4

义人之福

你的心地要善良
你的执念要纯洁
你要具有公义的翅膀
飞翔在你一生中
任何地方

你不要因为能开口说话
就随意凶狠谩骂
你更不要因为强大就欺压
万物都有往来
你的伤害
即使结痂
给世界一定留下

阴暗

正直人的夜晚自带光芒
施恩于人一定永不摇晃
仁义不会害怕凶恶和掠夺
慈悲在贫困中击败富足
目睹恼恨被灭绝

义人之福在荣耀之上
有一种力量
赐给义人
偏爱至千秋万代

2023.4.4

清新的早晨　清新的生命

希望开始了

成长开始了

大地开始了

春天开始了

清新的早晨

清新的生命

歌唱开始了

赞美开始了

一切开始了

每一盏灯开始迎接太阳

每一扇窗开始迎接蓝天

每一条道路开始伸展

清新的早晨

清新的生命

每一次都值得拥抱

每一天都值得纪念

2023.4.3

天选之人

这种自爱

是我灵魂开窍后

与一群人

站立瑶池边的洗礼

你用手掬起清碧的水珠

溅我一身涟漪

一次被选

终生与你难舍难分

这种自尊

是我历经苦难后向上的台阶

每一层下面躺着

数不清的艰难和心酸

你望见我身影的时候
赐我一身华丽
使我的头颅高高抬起

这种自强
抖落掉所有软弱和屈辱
在四季的年轮中
识别所有的路径
并把每一条路
为你标上刚强的名字
为你勇敢并无畏
为你咬牙一步一步向前
直至与你
浑然一体

2023.4.2

我没有失望

不哭

泪水留着

浇灌沮丧

我没有失望

只有笑容和善良

洋溢在脸上

不允许你离开

不允许你失望

我若蝴蝶

破茧起舞

何惧风吹雨打

你若雏鹰

问鼎苍穹

何惧山止川行

你在

世界就充满爱

我没有失望

2023.4.1

最后闯关

向你承诺的时间到了最后
胜利没有一点迹象
深夜沉沉　寂静沉沉
一种焦虑入睡在心上
回望一路坎坷艰难
一种酸楚　一种幸福
在这最后关头
又怎能轻易输掉勇敢

前方的路洒满阳光
去闯
与你在每一次的掌声中
含泪欢颜

在最后
我只要你一次
深爱我的目光

如果失败
我会默默地走开
你不要无限地失望
你的世界
曾经因我阴霾
忘掉这些不愉快
有一天也许
我会重来
但愿你还在

如果我最后闯关
旗帜飘荡　喇叭吹响
我会将所有的沮丧和欢笑
隐藏
依然携带着爱情

耕耘在你身旁

拾掇一路匆忙

以及你的理想

2023.3.31

向阳花

窗外

每一张笑脸

一边歌唱一边灿烂

每一份抒情

一边开放一边喧闹

你不要随便采摘

更不要拥戴

她属于大地

属于阳光

你若强横

太阳为你遮上黑暗

她走入田野

不是她任性

她告别了安宁舒适

她站上陇间

不是她妖娆

只因阳光喜欢

揽尽最后的悦色

她只想

平添几分昂然

将最后的气色丰满

奉献给大地

她娇羞的面容

不是爱情

是灵魂寻找白云

是圣洁寻找生命

2023.3.30

能量守恒

你怎么知道
我会从这条道路经过
你何时站在路边
我惊讶得没有声音
只有穿越的眼神
出奇的镇静

你只要守住这条道
待我翻过这座山岭
与你交换
昼夜期盼的星辰
你会相信
我们约定的爱情

变成了能量守恒

受点委屈不算什么
不堪无妨
时间无妨
如果思念可以比喻
如果爱情继续生长
如果未来和川海显露一角
你和我
就是被证实了的世界及能量

2023.3.29

红尘炼心

上邪　所有的苦难都让我一个人承受

让所有的白发悠闲飘起

让所有的鸟儿都有食物

让我的心飘在风里雨里

风雨红尘

我自知风雨无惧

星空是我的家园

天地懂我的灵魂

前世拥有荣华富贵

今世拥有正大光明

上邪　我要诅咒邪恶和罪行

让善良由心生发同情

让智慧随意识超级发挥

让我的心在思念之中

热爱红尘

即使我思念的人不在红尘

愿得人心

愿得沧海与桑田

上邪　我没有长久的愤怒

也没有长久的恨和妒火

我有一颗纯良的心灵

泪水被心灵吸干

苦衷被心灵抚平

烟火红尘

某天如果灾难降临

无论怎样折磨苦挫

我依然美丽

不会恐惧

不会悲悯

上邪 我纺的纱和写的诗一样美丽

用我的心穿过了森林

用我的心翻越千山万岭

用我的心冶炼青铜和金银

滚滚红尘

心如初见 成竹于胸

与天使相逢

与众生相亲

在时空中

我的心永远年轻

2023.3.29

从容

所有的伤害其实仅是一次历练
只要一次相爱却是余生分分秒秒
让我的心静一静
繁华没有落尽
你的出现
岁月归真
从早晨到夜晚
从夜晚到早晨
一次相逢的
从容

夜晚和月亮住进山里
白昼
在阳光下

在雨里

回眸时

你的歌声响起

风风雨雨　四季熙丽

你帮我拭去泪水

我帮你装下整个视野

我们如此从容

想一想

最艰难和无助的曾经

远离家乡的漂泊和游离

羸弱的老人和鸟儿的饥饿

贫穷和背叛

谩骂和讥讽

亲人一次一次地远离

爱情黯然失去光辉

不用去想

经历了

我们才配得从容

2023.3.28

被你唤醒

我的心躺在整个世界里

没有激荡

像已经死亡

沉睡了

所有理想和向往

只有年轻的鸟儿

守候在我身旁

只有你

不相信我的失望

你让风激扬我

变强

你让雨支持我

勇敢

陪伴像琼浆

你是举起我的力量

你装备的是真理

你羁绊的是暖阳

你在我沉睡的身旁奔跑

像一匹异样的骏马

惊动我心房

我醒来的时候

你热泪盈眶

2023.3.27

快乐时光

许多过往

变成清晨醒来时精美的回忆

每一次相见

璁珑与浪漫

不知不觉中长大

你与我

在任何一个地方

不再害怕

如果你永远年轻

如果我永远不老

那些过往

某一天的太阳和月亮重现

快乐时光

不要认为泪花就是悲哀
不要认为争吵就是不爱
不去想那些纠结
你想不通
因为想通了
快乐时光已经远离
太阳和月亮还在
你与我
也许不在

我的出现
让你目不转睛
我笑容可掬
你的到来
快乐时光如此
某一天的太阳和月亮重现

去海边拣许多贝壳
去山峰看祥云和景点
最后被记住的
你与我
走进在时光里

2023.3.24

鸿运当头

你终于在我面前
以死相逼
而我终于清醒
有一份爱情
撷坚贞和俊逸
撷财富和丰足
在我面前
我该怎样形容
我鸿运当头
爱情比生命更有价值

你的眼泪变成我的血液
从今往后
一滴都不敢轻流

如果你愿意
把我的心交由你紧握
永不改变
即使与亲人别离

我颤抖的声音是不相信自己
像鸟儿的翅膀
刚刚丰满
飞去时
系在声音里
紧张一不小心
伤了你的温柔
鸿运当头
我轻轻地
轻轻地
围绕着你

2023.3.23

再糟的生活都不能阻止
你越来越好
——赠马斯克母亲梅耶马斯克

你在耄耋的年龄

拥抱灿烂的笑容

笑容同样拥抱着你

你拥有花开不败的银发

你拥有高跟鞋踏响的脚步

你拥有千姿和百态

你拥抱着属于你的产业

世界上最耀眼的一颗明珠

你是明珠的中心

你在漫长的岁月变迁中

历经磨难

伤痕累累

但你骨子里蕴藏着顽强

血液里流淌着葱绿

再糟的生活都不能阻止

你越来越好

你用勇气击败灰心丧气

你用意志培育出一颗强者的心

你的格局是付出

你的精神是牺牲

你成功的背后

是三个孩子茁壮成长

以及你引以为豪的皱纹

再糟的生活都不能阻止

你越来越好

你的欢声笑语

绚丽了彩虹

惊艳了世人

诠释了人生

如果生命没有尽头

一首小诗与你

同频共振

滋养你的灵魂

2023.3.22

财富

怎么我就想到你呢
我对你只是道听途说
只是邂逅还没有邂逅
只是一直期待相逢还没有相逢
只是曾经彼此记住了姓名
就像是我们的传奇

难道千万年以前
我们在同一个洞穴
难道相逢的那一天
是一个巧合
难道就像从前
我们住在同一个村里
我去学校

你在教室

你如此骄傲
而我如此自尊
除了太阳与天使的面孔
如果我们相逢
是一次意外的设定
无法逃脱

你不是无动于衷
我不是望而却步
日月恒辉
百花齐放
你的路径洒满汗水
我的路径淌满泪水
泪水和汗水交织的天空
是一场改变
是财富

2023.3.21

一切都会好起来

天气不会就这样一直阴冷

伤痛会愈合

你不会一直没有消息

我在最糟糕的日子里

等你归来

无论你遇到什么困难

我的心

飞去寻找

一切都会好起来

你的笑容出现在梦里

我的笑容紧跟在你身旁

再坎坷的山路能翻越

再深的河渠无法阻挡

爱自带一双翅膀

相信生命有奇迹

相信太阳

定会窥见你我的真心

俯首冲散雾霾

一切都会好起来

2023.3.20

被迫

被迫　我也不会离开你
伤得了我身体
伤不了我灵魂
伤得了我右手
我还有左手
还有你的日夜守候

被迫　我依然屹立在清晨
我晨祷如歌
我虔诚如松
每条道路都让我相信
每张面孔都让我感动
如果逼迫会让我贫穷

如果逼迫会让我听不到你声音
每条道路和每张面孔
为我带路到你面前

被迫　我忍着疼痛和匮缺
但我的财富和我的意志
紧紧相连
你已经给我足够的坚强勇气
从我向你倾诉开始
我的纯真
在光里行走

2023.3.18

奔波

我门前的花儿已经悄悄开放

我院里的树木早已发芽

又一次上车

又一次出发

奔波在匆忙的路上

听得见风的喘息

遥远的乡村向我眺望

每一座城市等我归来

那些鸟儿双眼困惑

那些流浪的白发开始迟疑

我若流泪

一切都会伤心

受伤的脚砥砺前行

打着绷带的胳膊不算什么

饥饿忍一忍

牵挂放一放

冬冷夏热地陪伴

春风秋雨入怀

纷至沓来中我卸下疲劳

日升月恒与我共度时光

纵马依风我必归来

2023.3.15

第二天

第二天恍如转换一个世纪

躺在医院安静地输液

享受受伤后的灌溉

为昨天献上温和与忍耐

为今天献上期待与爱

第二天认识了你

认识了反思

认识了迫不及待

认识了许多人都有

许多的忧愁

许多的伤害

认识了一定要学会等待

第二天隔空打来你的电话
似你出现
似想念变为初见
似真诚变为一份安慰

第二天或许躲过
隐而未现的灾难
第二天或许重新规划
第二天过滤一下情感
学会担心
学会牵挂

2023.3.14

我的右手

那天　我的右手保护身体
那刻　我的右手受伤
那时　我疼痛落泪

我喊着你的名字
你没有听见
也许正如你所预见
做梦同样需要付出代价

我的右手在石膏板里
望着一切
望着梦里门前的飘雪
望着躺在面前的孤独

第一次感到无所适从
第一次感到你的严厉太甚
第一次我完全地不理解
你的高深莫测
你的运筹帷幄
你眉宇间紧锁
你让我伤感加倍
我的右手学会了沉默
我的右手默默地忍受

2023.3.13

坚持

坚持
是我对你的另一种倾诉
是我对你的不离不弃
是我清晨望向窗外的
一片天空
是我的一封情书

坚持
是漫长的煎熬
是数不清的挫败
是难以动摇的信念
是我心里的磐石

我被你紧握的手

已经是岁月

已经是春秋

已经是始终

2023.3.12

入梦

在另一个意境里
你从涵洞跑出
我在路口等候
路的尽头有花园
花园的尽头有别离
别离的尽头有我
你送我笑容

夜晚的风早已停止
你与我每一次相约
是一场隆重的酒会
烛光映照酒杯
酒杯映照庄园

庄园映照你

我送你倩影

霞光格外的耀眼

你和我寻找着希望

希望突然站上舞台

舞台被所有人环绕

环绕着掌声

簇拥着你和我上台

在梦的世界里

我们寻找另一个入梦的港口

2023.3.12

债

债是一种罪

是我最幼稚的过错

是我自己玷污曾经的纯洁

是我走错路

还不知道回首

债是另一种激励

整理所有行囊

除去颓废和糟粕

债面前

忍住泪和屈辱

拼搏

誓必还清债

然后带上爱情
与鸟儿一起飞走

债是恩允
恩允我所欠的必须偿还
然后恩允我拥有

2023.3.11

桥

我记忆中第一次见到桥

我的眼泪滴入了大海

站在船舷边

望着海水

跳下去的勇气

源于

失败的高考

我可以流泪

但不可以让泪水

把我扔进大海

我一抬头

望见岸上的桥

像虹一样

预见了傍晚

后来我站在桥上
让天空所有的星星
陪伴我
还有星星带来的人
我们举杯
挥霍着笑容

深夜我从桥上经过
望着家门
叩响门扉的指尖
落下
殊途怎能同归
但心链如桥
紧紧相连

清晨我携灵魂出发
在凉爽的风里跑着

眼前即将落成的桥

桥堡上有一扇窗户

向我召唤

2023.3.10

原生态

麦田还没有抽穗

绿油油的世界

尘土没有飞扬

迎春花和阳光一起

洒在柴房旁

河水边

所有鸟儿聚在河堤

所有树木倒影水中

墨绿色苔藓

和我一样惊奇

如果有一叶方舟摇来

超出我更远的想象

2023.3.9

探索

起先
好奇叩开了心扉
而路径紧紧地攥着我手
就像你强壮的臂
我无法推开
只能在你眼皮底下
随心所欲

掸一下沿途的尘土
躲开野兽的袭击
远远望着豺狼嗥叫
你深邃得让我窒息
我只能

学会冷静

退缩的阴影时常扰乱我
而你的魅力
韧劲和坚持
爱情已悄悄降临
我们一起前行

如果这一次探索
在山岩中获得生存
那世外的一处郊野
从此就你和我
归隐

2023.3.8

信任

不能让不信任消耗你的真诚
不能让不信任侵蚀你的魅力
你永远不知道
你趋向极致
至于完美

谎言会让你黯然失色
利欲熏心会使你失去爱情
你感到孤独的时候
其实
你已经背道而驰
你感到穷途末路时
是你一错再错

笑容遮住你所有的苦痛
宽容带你获得美好
你感到无比的幸福
正是
你花开圆满
你一往无前风雨无阻
赐你金色的秋
赐你宽广
已经岁月静好
已是灿烂季节
你相信了
心灵的力量

2023.3.6

晨跑

我们相逢的时刻

好像没有寂寞和孤独

绿叶也没有坠落

迎着晨风

我看到你的笑脸

我去看你

用你的手划过路面

把你的脸庞搭在肩头

我的盼望落了你一身

我的时光一如晨跑

我去看你

我不喜欢告别
相逢的时刻有些短暂
我当然不喜欢告别
即使挥手告别
我依然认为
只是咫尺

喜欢清晨每一缕阳光
喜欢一路上所有的小鸟
喜欢从我身边吹过凉爽的风
甚至想
你突然在我前方

没有喧嚣
也不要热闹的街巷
偶尔望过来的目光
带我沉浸
一种好心情

2023.3.2

勇敢的心

能痛击我心脏的
只有你这样震撼的声音
能让我放下尊严
躬身低头的
只有你毫不留情地指正

我不能因为出现差错就放手
我不能在你的严厉中就认尿

我知道我的选择
我知道我的缺乏及不足
我知道我的鸟儿等着我归巢
我知道我的爱人站在路口

我知道我也有仇敌
正等着看我的失败和屈辱
我知道我必须挑战不可能
而且必须成功收锣

追赶我脚步的是你吗
时间挽起我的臂膀
亲人帮我撸起袖子
友谊给我力量
还有智慧和知识
还有教室和讲台
还有每首诗和每篇文章
还有年迈的母亲和所有白发
还有我一个人的夜晚
还有我遗失的财富
还有我的衷肠

那些别人看不见的泪花
那些被人鄙视的目光

那些失望时被泼的冷水
那些曾经的绝望
那些写完墨空着的笔杆
那些召唤我的方向

你给了我不退却的勇气
你给了我一种支撑
你完全地拥有了我
勇敢的心

2023.2.24

远离战争
——参观宿北大战纪念馆

从和平的大门进入
进入一段历史
进入一场战争

脚下的每一寸土地
都曾经经历战争的洗礼
不堪回首的年代
有多少无辜的生命被摧残
有多少自然风光被战火毁灭
有多少人在战场上厮杀
血肉模糊　横尸遍野
有多少炮火殃及池鱼

伤痕累累　亡灵哀鸣
有多少亲人永远地离开

问一句
为什么
奋战七天七夜
从东打到西
从夜打到晨
从胜利打到失败
从失败打到胜利
只为消灭剥削和欺压
只为消灭邪恶和腐败
只为正义
只为真理

走出宿北大战纪念馆
看阳光普照大地
高楼林立
繁华盛世

两个世界两重天
身后的大门慢慢关上
关上那场血战的历史
关上对战争的回忆
关不上的
是对和平的珍惜
是对真理的守卫
是祝愿
远离战争

2023.2.21

节奏

举起一樽飘着香的酒

与你心花怒放的心

干杯

启动澎湃的旋律

伴随你跌宕起伏的思绪

像心脏不停地跳动

如潮起潮落

奔赴大自然尽显生命阳光

你有一种情愫

忽然间

静若幽兰

忽然间

芳香四溢

你把离别排列成

最优美的弧线

交替在时空中

如地平线上空

一幅蓝图被绘制

挥手之间

已经云卷云舒

已经炫目可期

已经无限可能

已经无限快乐

2023.2.20

竹盆景

你终于活过来
我松了一口气

从路边把你捡回
只因你青翠的绿叶
只因你的明洁
只因你与我
相遇

不求你在花盆里冲上蓝天
但求你的生命
在花盆里茁壮成长
四季常青　淳朴悠然

不求你虚怀若谷

让人称赞你挺拔洒脱

但求你平安正直

在花盆里清秀俊逸

是我的盆景

永远长寿坚强

永远高风亮节

2023.2.18

早春

鸟儿围绕着我鸣叫
堤岸的芦苇向我摆手问好
你远远地
望着我的秀发
迎接我的目光

阁楼里
你望着远山
我的笑声
飞出了天窗

我面前跑过一只猫咪
精灵一般消失在路边

你站立的渡口

水波粼粼

我踏着思绪

只等一叶春来

一切都在悄悄地生长

一切都已经春心荡漾

2023.2.17

父亲的脚步

父亲的脚步
一直让我心疼到最后
一直让我心酸至肺腑
在我无尽的思念中
成为一份我永存的遗产

父亲的脚步
不像他耄耋的年龄
不像他萎缩的头脑和思维
不知疲倦地
从早晨走到夜晚
从霜雾走到暮日
从冬走到春

终于在我不停地寻找

寻找的每一天

寻找的暮春夜晚

如我几年前所预料的夜晚

终于在一座桥上

停止他康健的脚步

永远地歇着

永远地停止在我生命的一半处

父亲的脚步

突然出现在少年的篮球场

突然出现在背我去学校的雨中

突然出现在我的叛逆期

寻找每一处城镇角落

突然出现在不停奔波

岁月谋生的街口

突然出现在领我步入婚姻殿堂

突然出现在公园

父亲手牵着他的孙儿

突然出现在最后

我陪着他走在原野

最后一次

从遥远步入家门

2023.2.10

去往城堡

走过了泥泞
走过了荒凉
走过了森林和川海
原来
你就是我的城堡

我要清扫城堡里
每一条街道
我要为城堡里
每一扇门窗张贴喜庆的桃符
我要看城堡上空
你的欢笑
点燃烟花

让你站在我眼前

拥抱穹苍

为每一片土地做证

为每一棵松柏挺起腰杆

为你把天空的太阳花摘下

为你带着憧憬和遗忘

在最后的时光里

与你一起

消磨在城堡里

好像在天堂

终老

2023.2.8

如果世间还有幸福

如果世间还有幸福

我抛弃万贯家财

我远离亲人的爱戴

我的路尽在眼前

我的每一首诗每一篇文章

黯然失色

我的爱情在某一天傍晚

随夕阳西沉

我的自由完全奉献给你

如果世间还有幸福

每一天早晨我随阳光起床

每一轮明月我惺惺相惜

每一份思念我带入耄耋

每一次伤害都让清风为我抵挡

每一段路程我依依作别

每一首歌我聆听到最后

最后一次让你亲吻我的脸颊

如果世间还有幸福

像夜晚的秋天清凉

像花开的春天浪漫

像冰冷的冬天想念

像夏天的雷雨

滂沱中惊涛骇浪

你如闪电

照我一身光芒

如果世间还有幸福

像开始

突然降临

也如末尾

突然毁灭

我们一起消失

在云海

2023.2.7

屋脊

风经过树梢时 同样
热烈又亲密地经过
屋脊
云经过山峰时 同样
微笑且轻柔地经过
屋脊

鸟儿在天空飞翔
唱着歌儿
围绕着屋脊

父亲的背曾经把我背起
朗朗的笑声融化了大地

母亲的背曾为我佝偻在田野
谷粒沾满汗水养育了我

屋脊　是父母撑起的一片天
屋脊　是矗立我心中
永不倒塌的灯

屋脊　是树
屋脊　是山
是我的鸟儿
在歌唱

2023.2.1

胸怀

从眼前划过的
绝不是匆匆的岁月　和
四季碾压的时光
是充斥于其中的气息
是天地间的距离
是一种格局
是胸怀

诀别了遗憾　和
愤愤不平
将一切废弃丢进了尘埃
所有的依靠消失至细微
无影

无踪

无界

无论在云霄

无论在深渊

无论在人与人的凝视中

强大的胸怀

包容每一张千姿百态的面孔

与朝阳　与落霞

一起星沉大海

2023.1.31

心里有光的女人

心里有光的女人
你看不到她的无助
只看见她披着秀发
你看不到她有愁苦
只看见她双手勤劳
自己治愈伤痛
熨平忧愁
你看不到她有泪水
只看见她瞬间的疑惑
躲闪了所有
步履坚定的背影

心里有光的女人

无论你在夜晚

无论你在白昼

无论在你一次一次失望之时

无论在你强颜欢笑的背后

你看见她

便卸掉伪装和面具

喜欢她的快乐和善良

2023.1.31

等待

在前世　为我

你一定用了很长时间

在起风的夜晚

你站在门前的灯下

等待我归来

在我必经的路口

你披着衣裳眺望

相信啊

你必等待了整夜

相信啊

你必等到了我

不然　此刻我站在世界的窗口

等待的就是你啊

不然　我在繁杂的世俗中
等待聆听的声音
就是你轻唤我的声音
不然　清晨醒来想起了你
不然　夜晚入睡惦念你
不然　在我跌入谷底时
来到我眼前的是你
不然　我欢呼雀跃时
等待你把我举起

在我们最后的时光里
我一定把等待
全部慷慨地赠予江河
完全地奉献给山岳

等待　本就是一种很美的过程
等待　像铃儿响起清脆的丁零声
等待　属于大自然的异曲同工

2023.1.30

从你那获得幸福

开始

再也不敢给幸福定义

首先从夜晚

结束在生命尽头

你用最不简单

甚至有些粗暴的行动

锁定了我

在我的世界里

我已经嫁给了你

我歌唱的必须是你

我赞美的必须是你

我要站在世界的舞台

和你一起
接受所有的祝福
我也必须
从你那获得幸福

这些跟情愿没关系
这些跟伦理没关系
这些跟世间的苦乐没关系
这些只跟你有关系
只跟我有关系

这些是我们生命的意义
我必须
从你那获得幸福
如果你相信命运
如果你活得有信仰
如果世界无穷无尽
如果灵魂还有灵魂

2023.1.30

远瞩

我要站得有多高

才能让你看见我的身影

我唯有远行

在北方的草原上

我欢悦的笑声

飘在蓝天中

如果你还不能看见我

笑声带着我

沙哑地呼喊

如果你还不能看见我

我会流下失落的泪水

我漂泊在东方的海上

海浪一阵一阵把我推向
潮水翻卷的浪尖
我会自己艰难地上岸
你站在我面前
也许
就是我漂泊的意义
也许
我仅仅为了你

西方真的是极乐世界
我站在菩提树下
所有的愿望消失殆尽
只在山水之间
聆听你在遥远
呼唤我的名字
原来
我踏遍世界任何一处
你却在远方
也在咫尺

南方有你留下的旧居

我在旧居里安静地入睡

期待有一天

你突然推门而入

我会扑向你

望着你的眼睛

或许

会在你的臂弯中

永远做一场美丽的梦

2023.1

终于

看清一切真相后
终于在懊悔中
把心底最真的泪水
献给了上帝

终于将谎言击破
终于把虚假的面孔戳穿
终于在跌倒的岔路口找到了方向
终于为错误的行为低下了头

终于让失望彻底失望
终于让幻想彻底成为幻想
终于让自己听到自己的声音

终于让该结束的结束了

终于看到最后
自己伸手撕碎手稿
丢在冬天的风里

2023.1

奇迹

夜晚的路灯

和我疲惫的心

闪闪发光

长夜之中

和我一起祈祷

谁会相信奇迹

奇迹告诉相信他的人

我听到奇迹的声音

隐藏了所有的喜悦

守住了口的秘密

他突然出现

他让我如何想

想象不到

让我在没有希望的时候

突然间变得惊喜

让我如入梦境

我醒来的时候

梦境中的他

依然如梦一般

2023.1

致此少年

少年称呼你大叔
少年称呼你阿爸
少年把你脸上的皱纹
和苍老的面容
尽收眼底
把你回不去的青春
展示给我

你是我青涩的相遇
是我历经桑田
等待很久的帆船
是我仅有的一条生机
及无尽的远景

是我最后不需要眺望

携你的手

一起在暮色中静静地相偎

与你共一处山水

与你去地老天荒

与你做天地的少年

2023.1

较量

如果我是柔弱的风
你是不是可以随意任性
如果我是一只眯着眼的狮子
你是不是就流着冷汗
不敢向前

我站立在你面前
却相隔于千里之外
你认为我被制服于你脚下
可曾想过
拿捏你灵魂的
正是我悠扬的歌

你站在浪尖上
向我秀出你的强悍
我从破口中走出
一阵风就让你尽了眼光

亮出冰刀
不是我的善良
高山挺你
不是你的霸气
我们的较量
应该大彻大悟
唯有爱
能赢了世界

2023.1.2

长河悠远

我站在四季的风口
看着你奋力涌向我的波澜
我让风扬起悠远的奏章
迎接你不可一世的锋芒

夏末秋初
清澈见底
我用红袖拂过你的衣衫
在静静的夜晚
送你去徜徉
如果你迷失方向
我会在远方
牵引你

穿越我的胸膛

冬天的雪

洁白了世界

你的目光终于停留在堤岸

我在天空中携带阳光

照耀你的脸庞

春天不会很快来到

但你的脚步声响在我心上

把心托给鸿雁

伴你奔腾

伴你入海

2023.1.1

幸福的泪水
——致梅西

当你最后一脚踢出去

万众为你欢呼

聚焦的目光投向你

幸福的泪水

划破星空

让每一双眼睛相信了奇迹

人们说　你的手被上帝握过

人们说　你的脚带着风

人们说　你拥有爱情站上巅峰

人们说　你在获胜的路上留下了

一道缝隙

让光从缝隙照进来

让欢乐洒满人间

一起回忆你的童年时光

一起回顾你曾陷谷底的挣扎

一起重温你拼搏的轨迹

一起拍手称赞你的至柔至刚

一起跟着你回到你的家乡

你抬起头来

瞬间你的善良

照亮了世界

2022.12.19

生命的底线

生命不属于我自己
属于你
我降临这世界的时候
是你最难忘的模样
是你撕心裂肺般疼痛
是你沙哑的声音
是你的泪和
带着不畏死亡的笑容

生命不属于我自己
属于你
我不知道我对你的重要性
我风风火火地跌撞

倒在坎坷的路上
是你天真无邪的眼睛
是你生命幼稚的面容
是你的无助和
你的双手在我面前躲过的绝望

生命不属于我自己
属于你
我以泪洗面的日子里
所有年轻的希望都已衰老
所有毫无保留的付出和交托
都收获了悲凉
是你用心灵触动我的心灵
是你用生命建立我的生命
是你用信心塑造我的信心和
对你生生死死的忠诚

2022.12.30

往后

往后　凭信心与你一起生活
与你的善良一起
用微笑酝酿一剂良药
在我找不到自己的时候
让我找到了平安

往后　凭良知与你一起前行
在平坦的路上
突然遇上风暴和雨雪
即使重重地摔倒
我要选择坚强地爬起
因为路上不只是我自己

往后 凭真挚的爱与你一起安度

无论人生长与短

无论幸福与痛苦

只因你的存在

我更懂我自己

2022.12.29

一羽蝶

为谁破壳而出
让痛苦变成一段神话
闻一阵馨香
终有一天
消失得无影无踪

为谁磨茧
为谁艰辛
让心穿越向往
让美丽穿越涅槃般的一段黑暗
纵使有一天
飞落在前世的肩头
也不会

黯然摒弃曾经的美好

为谁化作一羽蝶
晴空下
让灵魂翩翩起舞
自由地飞翔

2022.12.28

未来

未来　我要变成一只鸽子
飞在你身旁
你望向我的每一眼
都是我的太阳

我要在你经过的山涧
用清风吹绿所有的草坪
用雨露浇灌所有的禾苗
我要与世间所有的生物成为朋友
站在你面前
向你招手

未来　在宁静中

我为你吟诗

你为我品茶

2022.12.8

一株丁香

好想把光阴遗忘

深藏于内心的

一株丁香

飘落

一抹烟雨彷徨

回眸间

青藤缱绻

雕花木窗

梦里

一株丁香泅了诗行

石板路

悠长的想念

装满守望

山隐隐

水迢迢

一株丁香

摇曳

另一条雨巷

2022.12.7

别说曾经

流着泪离开曾经的故乡
流着泪离开亲人和院落
流着泪离开心底那份牵肠
凄凉和忧伤
上了道
在道上
慢慢地把泪擦干

失望曾经把恨和怨
一起收养
抖落在异乡
换上竞技场的行囊
剑拔弩张

历经磨难

阳光为什么照不透
密密的树林
夜晚为什么比白昼更长
许多背影为什么
让我的心受伤
一路向北

看过了大海
才知道天下的水都要聚集
游历了山川
才明白万物仅仅有方寸的温暖
散落的视线
才意识到了然于心的生命

再回到故乡
再见一次改变的模样
再温一温曾经的凄凉

再与你一起

树荫下寻找斑驳的阳光

平添孩童的喧嚷

曾经的你和我

不承想

所爱的山海

恰如恍然之间的馨香

2022.12.1

再见

再见

不用握手

必须在天黑之时分手

必须在爱与不爱之间选择

必须留给自己心底足够的勇气

必须留给你撕心裂肺般

永远的忧思

再见

如果委屈

留给转身离去的脚步

留给各自思想中

安放的彼此

留给一直湛蓝的天
留给一直美好的灵魂
留给阴霾不散　雾气缭绕
伤透之后的珍惜

再见
一定再见
再见时如梦中疯狂地相拥
再见时呼喊的声音
带着泪　带着颤抖
再见时蜕变的色彩更浓烈
再见时我一定准备好
不负你的深情

2022.11.27

半滴眼泪我自己擦

半滴眼泪我自己擦

一滴眼泪你不要让它流下

两颗心都因爱而痛

必因爱而不痛

谁能让爱分离

半滴眼泪我自己擦

一滴眼泪你不要让它流下

你的身边站着虚伪

我的身边站着自私

有了虚伪就没了我

有了自私就没了你

爱能除去虚伪和自私

我们的心会在一起

半滴眼泪我自己擦
一滴眼泪你不要让它流下
不知所以就是所以
不为什么就是什么
接下来的日子
所有的幸福和喜悦
所有的委屈和心伤
都由爱去感受
都由心去改变

2022.11.17

最好的安排

我要为你建世上最高的殿堂

站在殿前

我能望见耶路撒冷的光芒

我要高歌

我一定要高歌

当你听到我歌声的时候

我的泪花

变作一只海鸥

飞溅在海上

而你

一定站在星宿之上

向我伸出双手

在歌声里

拥我入怀

我要为你写一首世上最美的诗
诗的开头
把我的心镶在蓝天
如果白云飘过
如果雨雪落下
如果闪电发出声音
如果青山永不荒凉
如果晨曦和夕阳
为我举行了婚礼
而你
就是那件白纱
和诗一起
穿在我身上
融入诗行

我要为你撰一篇世上最好的文章
在文章中

所有的故事都是真善美

所有的人物都变成了蝴蝶

自由地飞舞

所有的希望用心灵和诚实

淹没整个岁月

所有的遗憾和叹息

在清风中荡然无存

而你

从故事里走近我身旁

牵起我的手

回眸看千秋万代

这是

最好的安排

我要为你承担所有的苦痛

像你为我铺展的大地

我要为你忘掉一切悲伤

像你为我隐藏了世间的死亡

我要和你一起走向最远的路程
就如你的恩典降临

这是
最好的安排

2022.10.28

我喜欢这样

我喜欢这样
窗前对着学校的操场
看见操场上鲜艳的旗帜
朝着西南方向
那是你来的方向
那是我清晨膜拜的方向

我喜欢这样
楼下是菜市场
在嘈杂的人群中
你牵着我平静地走过
风霜和挣扎
我们随意看人间万象

我喜欢这样

站在楼顶俯视土壤

看每一棵树冬天里的着装

看每一株小草从春到秋

看平庸粗鲁的生命近乎死亡

看你出现的方向何时有影像

我喜欢这样

在我每一处地方

哪怕最后一次痛心回望

哪怕所有的虚情假意

再一次让我绝望

哪怕不眠的夜晚重现

哪怕有一股怨恨即将爆发

我决不轻易离开

在我爱过的地方

爱一定会发芽

2022.10.27

时间不晚

煎熬我的时间

一年　两年　三年

我一事无成

我无所适从

我债台高筑

我变卖所有

我失去友谊

我失去爱情

我失去生活的希望

最爱我的人走了

我最爱的人也走了

煎熬我的时间

一年　两年　三年
暗淡了我的容颜
虚度我的光阴
荒废我的学业
流干了我的泪
忧伤了我的笑
怀疑我最初的选择
遗失我该有的喜乐

时间从来不语
让我在修炼中
坚信他千年万年

时间从来不语
突然一份惊喜
降至我面前
原来
梦已成真

时间不晚

刚好

是他的音容笑貌

赠我一世杰出和卓越

2022.10.26

目送莲花

你一转身

我便

再也留不住

曾经的面孔

伫立在原处

看春夏秋冬

听流水潺潺

思念成了日日夜夜

你凋零的

模样

已化作清风

拂面的感觉

淡泊而纯真

落一地时节

幽婉到最后

沁人心脾

你曾是一朵并莲

与我同心在烟波浩渺中

却留下心碎

顾望离居地

只见青莲士

而我泪沾襟

树下门前鸿雁长飞

你是离愁

多少

能解我心意

问南来的风

问月下的影

问吹梦的仙

问你的素袍
问我夜半三更的灯

你是无痕
伤痛
灼灼变成莲
我是赏莲人
而莲更爱人
我目光赋予莲
愿莲花盛开
我无悔一世与君怜

2022.10.21

昙花

你的美

缥缈

却留下

让我不敢去想象

甚至来不及

收回凝视你时的惊吓

你刹那消失

如同幻影

连同你的名字

都不愿触及

怕晴空中

飘过一片乌云

怕夜晚月色明媚

被你偷走

怕你匆匆离去

撕碎所有思念

丢弃在荒野

你的美

潋滟

却伤了

我相望一生的情

流逝的时光

春天骄阳　清雨秋梦

瞬息遗落

阳光下的影子

无法种一束

絮语馨香

无与伦比的秋

再不是褪尽韶华

芙蓉出水

再不是一道风景

我从容地傲然枝头
静观其变

2022.10.9

赤子芳心

蔚蓝的天空飘着白云

清晨的阳光格外美丽

我在远方的车上

而你留在了车站

忘不了时间

抹不去光阴

让我的心带你去一趟远方

让你的心带我回到故乡

2022.9.22

一声叹息

命运啊　惊奇

那黑暗的夜晚

我们如梦未醒

一个醉酒的人

如痴如狂

一个彷徨的人

默默祈祷

当上天拣选了我们的灵魂

也许

顺从是最好的礼遇

承载不可思议的恩典

多么沉重

连泪花都涌出

一声叹息
淹没整个夜空

谁是自有的
谁是永恒的
谁在成就世间要成就的事
我们不需要全然明白
因为我们的心思和意念
即使让我们变得刚强
我们卑微如一粒尘埃
一声叹息
安放我们依旧善良的土地

因为什么
使我们不顾一切
因为什么
使我们忘掉许多危险和利益
因为什么
使我们彼此的凝视不再游离

所以
即使事情不如我们所预料
即使与我们的感受不相符
我们仍然会同行
我们仍然会愿意

没有人会拒绝真爱
没有人会拒绝生命的光芒
一声叹息
命运啊　敬重

2022.8.30

五月

五月

过去了

随风花雪月

随万紫千红

随一段刻骨铭心

埋藏了很久的爱情

葬在这初夏的尽头

再也不用

去哭

去笑

去担心

五月

太美了

如春天的花

如天空的云

如多少夜晚和白昼

朦胧细雨和月影

掩埋在杨柳的窗前

如果回忆

看风

看景

看帘幕

五月

冻结了

我笑脸相迎

我泪流满面

我少女情怀和憧憬

惊起一层浪漫缤纷

踩醒一池梦幻心语

初容已改

是你

是我

是人生

2022.5.27

岁月

不言

不语

吮吸着母亲的乳汁

轻柔地走过

懵懂的少年

像风

像雨

像父亲最深情的羁绊

回眸

前世的哀愁

溪桥天涯

随云卷云舒

潜回梦里

谁将惆怅遗落

找回一段青春风华

似水流年

冷暖相随

恍如无知

谁成了记忆里

抹不去的轮回

花开花落

任时光搁浅

憾人生尽头

谁染白发如烟

噙泪即将远离

岁月啊

你为谁止了步

你的尘埃

许了谁一世欢喜

2022.4.30

一个人

一个人
从这个城穿越到那个城
像风—样
穿越了所有村庄和道路

一个人
走进长长的楼道
站在楼顶的窗口
鼓起勇气
唱一首歌
把月亮送走

一个人

从那座城穿越到这座城
像深夜路边串烤的炊烟
穿越了所有的饥饿和相思
分享给自己

2022.4.16

致早晨

那时

这时

正是早晨

你的声音完美

你的出现

像永恒的春天

你每一次问候

从光明到盎然

从眼前至暮鼓的音符

有些距离

甚至有些遥远

像帘雨嘀嗒的声音

像风追逐树林

有大美而不言

有四时而不议

有生命的轮回

2021.5.24

青年
——写在五四青年节

青年

是一个燃烧的能量球

整个世界是你的

但你必须找到成功的路口

青年

是春之歌茁壮的树林

你可以拥抱整个春天

但你必须首先拥抱大地母亲

青年

不可阻挡

风雨不懈

没什么敢做你的对手

你心中充满力量勇气

充满自信

青年

是怒放的生命

是激流

是大海里喧嚣的波浪

是蓬勃的朝阳

2020.5.4

天空　开满了花

我眼前的一幅画
天空　开满了花

海棠啊
好好爱你的家
绕着庭院
展开你的臂膀
青莲啊
盛开吧
盛开后不要凋零
退去云雾
慢慢妆点

桃花开始落瓣

石榴花已经发紫

郁金花

那些杜鹃

记住啊

所有的誓言

抵不上我的清心

抵不上太阳的笑脸

愿世界如玫瑰

天空　　开满了花

2019.2.14

昨晚已过

昨晚

我就是那

卖火柴的小女孩

火焰一点一点

照亮我

熄灭我

在夜里

在光束中

在心头

火焰没有了

嘲讽没有了

渺渺的歌声已经远去

小女孩短暂的生命

化作一颗星辰

照到天明

昨晚已过

2019.2.13

倚雪

你从天边飘来
在我身旁舞蹈

你遮住了树木和村庄
你遮住了山川和湖泊
你遮住了我

我变作一张洁白的纸
而你舒袖研墨
手指划过我的忧伤
相约在灵枢旁
倚雪

倚着衷肠

一起雪葬

2019.2.9

遇见

没有一种声音
告诉我
你会出现

没有在我青春的季节
幻想过
你会到来

没有一点迹象
你就坐我身旁
在我最慌张的冬季

我花一般的年代

你青涩的眼睛去了哪里
我在雨季奔跑流泪
你在哪里哭泣
我站在荒野
你的失望在哪里
你的双手有没有伸出

告诉我
嫣然一笑有多美
我的背影和我的肖像
哪个更珍贵

告诉我
我们的灵魂有多远的距离
我们遇见了
怎么还要分离

2019.2.6

你不要记得

你不要记得

满天星星的阳台

最难忘的美丽时刻

还有

我为你

种下的一棵树

你为我

立下的志

你不要记得

最后的凄美

直击我肺腑

痛至你心扉

如果有轮回

愿我们永远不再相见

愿天下所有的鸟儿都幸福

愿夜晚的萤火虫飞上月亮

愿你永远微笑

深爱

在我心灵最远的地方

在夜晚

你为我邀请了月亮

你歌唱

我倾听

忘记了夜晚

在我心灵最远的地方

在风雨交加的路上

你为我支起了伞

为我挡了风

为我挡了雨

路上洒满你的铿锵

在我心灵最远的地方
在烈日下
你用树枝和叶编了夏花
戴在我头上
而你的汗珠
一直流淌在如今的心上

在我心灵最远的地方
有一处美丽的山冈
一位意气少年
为我诉了衷肠
为我洇了诗行
为我勇敢地胜了时光

2006.11.12

星星　我想告诉你

星星　我想告诉你

我走过了冬天

在那里

风是你

雪是你

风雪都是你

走到尽头

你是我眼前闪烁的光芒

星星　我想告诉你

春天景色依然美丽

你种的花

我栽的树

花草树木犹在

仰望天空

我无言无语

星星　我想告诉你

夏天又来了

我想念山风和海港

我忘了归期

忘了笑靥

忘了所有的泪水

我忘了

星星　我想告诉你

秋天我将穿上嫁衣

嫁给归期

你要欢笑

要在人群中注视我

如果我的心还能更远

眼前的美丽

你随时想起

2006.11.10

你的微笑我的幸福

爱情征服生活的模样

把所有的浮躁

把所有的叹息

把所有的世俗

抛给了你

而你向天空吹了一声口哨

把微信推给了我

你的微笑我的幸福

你风风火火的青春

卸掉所有失望和担忧

卸掉所有阻挡和痛苦

卸掉一切伪装

心如止水般依偎

爱情只需要一句话
我需要你的勇敢
需要你的心在炙热中善良
需要你的眼神在我左右
放射光芒
微笑着与我一起走过荒凉

你的微笑我的幸福
如风如火如明月
如诗如画如晴空
你是我的盛夏

2006.11.2

萤火虫

汗水和泪水

被遗忘

被伤害

夏天来了

落叶一片一片

萧萧在风中

秋天来了

没有月亮的晚上

寂寞的人会用心记住

萤火虫的身影

如璀璨的星星

如明亮的眼睛

如夜晚一杯香醇的酒

比不上风流倜傥

比不上暗送秋波

比不上苍穹下的冷嘲热讽

却似风华正茂

却似含情脉脉

却似一表人才

从此　我的夜晚有了光

从此　我的生命有了萤火

2006.10.29

有爱不孤独

眼睛可以看得很远
可以看到天边最远的星星
可以看到日出时你的身影
可以看到遥远的山区
你因没有信号迷茫的面容

如果有一天
我一定要离开你
我也感谢
这孤独的晚上
因为爱你
没有流下孤独的泪水

心可以飞得遥远

可以飞到月亮上面

可以飞到夕阳西下的山顶

可以飞到山区老乡的电话亭旁

你一个人散步的小道

如果有一天

你一定要离开我

我也感谢

在我最孤独的时候

你对我说

爱你

2006.10.28

鸟儿

放你去飞
你却绕着我种的树
当你的奋进被脆弱袭击
我能给你的
除去平庸和粗俗
还有
泥土坚强的声音

放你在室中养
你却望着我的眼发呆
如果纯洁和高尚能医治痛苦
我能为你
选择远离

还有

把阳光洒满你的指尖

2006.10.27

意志

诗人说
"意志倒下的时候
生命也就不再屹立 "

我倒下的一刻
你心底燃烧起熊熊火焰
象征着你的意志
坚若磐石
我在悲悯中死而复生

2006.10.20

种下一棵树

从那天开始
窗前有鸟儿飞来飞去
我的心
从此学会了歌唱

种下一棵树
鸟儿有栖息的地方
我的心
从此分成两半

一半是树下的泥土
一半是雨露和阳光
种下的树
长成了我心的形状

2006.10.18

美丽时刻

我喜欢夜深人静时
把月色朦胧撑起
为你一个人
站在桥上
向你发出誓言

我喜欢在我病入膏肓时
任疼痛如死般折磨
为你一个人
流尽泪水
爱你依然如初

我喜欢你勇敢的样子

勇敢地走进我心里

为我一个人

向世界发出呼喊

证明我是唯一

我喜欢你最后远离的背影

像极了一个男孩

为我一个人

和我所有的亲人握别

和我的心约定了美丽时刻

       2006.10.14

站满星星的阳台

夜晚　隐藏了

所有的山

和白天的疲劳

我们找到了天空

找到了

布满星星的阳台

我们

许愿

让数不清的星星

聆听

我们

微笑
和所有的星星
共度时光

我们有了勇气
和星星一起飞翔
我们有了幸福
和每一颗星星拥抱
在布满星星的阳台

2006.10.12

心里喜乐

即使困苦还没有离去
我的心里依然有鲜花开放
即使忧伤时常让我隐隐作痛
我的心里依然有绿草茵茵
即使难题布设一道道坎坷
我的心里依然有一个个希望生长
散发出香气

窗外是狂风暴雨
我站在窗前
看着风景
心里只有感慨和数不清的意境

屋外传来噩耗和哀鸣
我在屋里听见
慈悲和怜悯油然而生
心里只有祈祷和虔诚

方圆之外是荒凉和凌乱
我在方圆之中
踌躇满志
心里充满理想和光明

地之大
山河经过坑坑洼洼
我脚下有平坦
清澈的溪水
从我心里流淌
进入秋的林场

天之高
蓝天牵着白云

消失在茫茫夜空

我站在大树下

听我自己心里的歌声

远扬

飞落在太阳升起的地方

世界啊

千变万化

我在变化之中

装在世界的心里

世界充满了恩典和正义

充满了喜乐

生命之赞颂

你说生命短暂

梦想没有实现

我说生命无止境

无论何时何地

也许从没有改变

只配赞颂

你说生命没有意义

忧愁苦难一辈子

我说生命担负重任

贫穷和富贵

邪恶和正义

生命全部的倾听

没有开始

没有结束

是一次沉重的旅行

不需要同情

但需要尊重

只配赞颂

晴空下

我读你越来越近的玫瑰
读我自己无边的风暴
我若远离
你把玫瑰香收藏
我的眼睛在风暴后
或许寻找

我读你晴空下又一次相助
读我自己没有忍住的泪水
我若相守在你左右
你要一次一次收回
我的奉献

聚集了我洒向大地的光明

聚集了你投向我厚厚的思念

永远没有结束

哪怕

脚步仓促地离去

那些不离不弃

那些朝朝暮暮

塑造了现在

如此沉寂

我怎么辩论

我再无辩论

晴空下

你像命运的使者

可以把青春找回

散落一地的诉说

感动了谁

让我扶你

登上山峰

让你眺望

等待你的

走散的灵魂